AUGUSTE CAPDEVILLE

BLUETTES

ANACRÉONTIQUES

BÉZIERS

IMPRIMERIE PERDRAUT, AVENUE SAINT-PIERRE

MDIIILXXIX

Tiré à 300 exemplaires
J.-B. Perd

BLUETTES ANACRÉONTIQUES

AUGUSTE CAPDEVILLE

BLUETTES

ANACRÉONTIQUES

BÉZIERS

IMPRIMERIE PERDRAUT, AVENUE SAINT-PIERRE

—

MDIIILXXIX

Le style c'est l'homme.

En vertu de cet adage, rappelez-vous la scène finale d'un de ses opéras magiques dont l'immortel Perrault a conçu le premier plan ; remplacez les fées par des déesses, les anges par des amours, les flammes de bengale par une pluie de roses, et, synthèse allégorique, vous aurez le portrait exact d'Anacréon.

— Son porte-plume est une violette ; son encrier, un flacon d'essences. Aussi son luth ne peut-il célébrer que Bacchus, Eros et Cypris, c'est-à-dire le vin, l'amour et les jolies femmes, trinité épicurienne qui lui a fait créer ces coquettes boutades et ces naïves idylles, qui forment sans contredit le plus beau fleuron de la poésie lyrique.

— Le badin nous ayant toujours plu, le vieillard de Téos ne pouvait que nous sourire. Sous son inspiration, nous avons donc épluché ses odes et accouché de ce recueil qui, loin d'être une traduction fidèle du texte grec, préfère obéir aux caprices de l'imagination en suivant de près ou de loin la pensée de l'auteur. Les BLUETTES ANACRÉONTIQUES *n'offrent donc pas une photographie, mais une reproduction fantaisiste. Inutile d'insister ; car, toutes les personnes qui voudront bien perdre leur temps à parcourir ces fariboles, n'auront pas de peine à comprendre le but que nous avons constamment poursuivi, mettre en vers une idée et non pas un mot.*

La Lyre d'Anacréon

(Voir le texte grec. Ode 1)

Mon luth ne peut chanter qu'Eros
Dans son poétique délire.
En vain j'ai remonté ma lyre,
Mon luth ne peut chanter qu'Eros ;
Muet sur Héraclès, Kadmos,
Aucun grand sujet ne l'inspire.
Mon luth ne peut chanter qu'Eros.
Dans son poétique délire.

L'Apanage des Femmes

(Voir l'Ode 2)

Dans un fort logique partage,
La nature donna les cornes aux taureaux,
Les sabots aux coursiers, aux éperlans la nage,
Le vol aux bengalis, la force aux lionceaux
Et puis aux hommes le courage.

X

Mais comme une difficulté
Surgissait tout à coup, le cadeau de la femme
Que, par un pur oubli, l'on n'avait pas compté,
Elle lui fit un don défiant fer et flamme
Et la dota de la beauté.

L'Amour Mouillé

(Voir l'ode 3)

Sous la main du Bouvier, l'Ourse tournait encore
Et le triste horizon cachait au loin l'aurore,
Quand un petit Eros au teint frais et vermeil
Vint heurter à ma porte et troubler mon sommeil.
— « Ouvre, suppliait-il d'une voix enfantine ;
La pluie a traversé mon corps et mon échine ;
Je n'ai pas de logis ; je suis tout grelottant ;
J'implore ta pitié pour un très-court instant. »
Fort ému par ces mots, vite je fis en sorte
D'allumer une lampe avant d'ouvrir la porte
Et de voir un bambin à l'œil vif et narquois
Qui portait sous son aile un fort joli carquois....
Je l'approchai du feu, puis, chauffant ses menottes,
J'essuyai ses cheveux bouclés en papillotes
Et m'aperçus bientôt que la douce chaleur
Avait bien ranimé le pauvre visiteur.
Ce fut à ce moment qu'en son naïf langage
Il s'écria : « Qui sait si, par l'eau de l'orage,
Le nerf de mon jouet n'a pas été perdu ? »
Comme un rapide éclair, l'arc fut alors tendu
Et vint me décocher aussitôt une flèche
Qui me fit en plein foie une terrible brèche.
Puis l'enfant tout rieur, après ce grand exploit,
Me dit en désignant ma blessure du doigt :
« Si mon arme n'a rien, par contre, camarade,
Tu peux en être sûr, ton cœur est bien malade. »

Epicurisme

(Voir l'ode 4)

Pourquoi placer mille parfums
Près de la pierre tumulaire ?
— L'essence plait-elle aux défunts
Enfouis dans le cimetière ?

×

Pourquoi d'ailleurs, en second lieu,
La coupe est-elle répandue
Sur le sol en l'honneur d'un Dieu ?
Pour que la liqueur soit perdue ?

×

Il vaut bien mieux se parfumer
De son vivant avec la rose,
Boire du vin et supprimer
De ces erreurs l'absurde cause.

×

Ainsi donc, que le vert lotos
Me serve toujours de couchette
Et que sur des myrtes Eros
Avec le jus divin m'allaite.

La Rose

(Voir l'Ode 5)

Que le joyeux Bacchus arrose
De son nectar exquis, de ses flots cristallins,
La coquette et gentille rose,
Princesse du parterre et reine des jardins.

La rose, fleur enchanteresse,
Est le plaisir des Dieux, la fille du printemps
Ou l'image de la jeunesse,
Qui se croit à l'abri des menaces du temps.

Elle a la meilleure des places :
Au sein des voluptés on la voit chaque jour
Et dans les chœurs lascifs des Grâces,
Eros, le tendre Eros la séme avec amour.

Jaloux de cette apothéose,
Pour célébrer ton nom je voudrais, ô Bacchus,
Tout couvert de festons de rose,
Cajoler en dansant une accorte Vénus.

La Colombe

(Voir l'Ode 9)

Du vieil Anacréon, active méssagère,
Au charmant Bathyllos j'apporte tous ses vœux,
    Et j'accomplis mon ministère
    Non sans bénir mon sort heureux.

×

    En échange d'une cantate
    La reconnaissante Cypris
    A lui vint me donner jadis,
    Et, depuis cette heureuse date,
    Le poète plus d'une fois
    A voulu de mon esclavage
    Adoucir les pénibles lois
    Et me lâcher dans le bocage ;
    Mais remerciant sa bonté,
    Dans mon excessive sagesse,
    J'ai refusé la liberté
    Que m'offrait sa délicatesse.

×

J'aime mieux le servir, becqueter dans sa main
Le maïs et le blé qu'avec soin il prépare,
    Savourer son excellent vin
    Et voltiger sur sa cithare.

A un Eros de Cire

(Voir l'Ode 10)

Charmant petit Eros de cire
Apprends-moi de l'amour le doux et tendre jeu,
Ou bien, dans mon cruel délire,
Je vais, pour te punir, te faire fondre au feu.

A des Oiseaux

(Voir l'Ode 12)

Cris importuns d'oiseaux affreux,
Qui troublez mes songes heureux
Par cet indiscret bavardage
Et ce matinal caquetage,
N'éveillez point les amoureux.

Quand je dors comme un bienheureux,
Si je vois l'Amour vaporeux,
N'effacez donc pas son image,
      Cris importuns.

Soyez humains et généreux,
Respectez mon sommeil fiévreux
Et laissez-moi dans un nuage,
A l'abri de votre ramage,
Finir mon rêve langoureux,
      Cris importuns.

Erotisme

(Voir l'Ode 13)

Certes au lieu d'aller, comme le fit Atys,
Dans ses ardents transports pour la belle Cypris,
Raconter mes amours aux désertes campagnes
Et pousser des soupirs sur les hautes montagnes,
Gorgé de Lyaïos ou parfumé de nard,
J'aime mieux, fasciné par ton lascif regard
Et ton gentil minois, provoquante hétaïre,
Avec toi m'oublier dans un brûlant délire.

Une Défaite

(Voir l'Ode 16)

Si l'un de la Phrygie
A voulu raconter les guerres, les combats,
Si l'autre, en poésie,
A parlé des Thébains, ces valeureux soldats,

✕

Dans mon humeur discrète,
Je veux en ce grand jour
Vous chanter à mon tour,
Chers lecteurs, ma défaite.

Mais qui donc m'a dompté
Et quel guerrier hardi, fait digne de mémoire,
A sur moi remporté
Ces bizarres lauriers, cette étrange victoire ?

×

— Un être gracieux,
Qui me séduit, me charme
Et qui n'a pour toute arme
Que deux fort jolis yeux.

Simples Vœux

(Voir l'Ode 20)

Que je voudrais être miroir !
Tês yeux me fixeraient sans cesse ;
Pour te couvrir avec tendresse,
Que je voudrais être peignoir !

×

Que je voudrais être onde pure
Pour baigner ton corps énivrant,
Ou bien nard odoriférant
Pour parfumer ta chevelure !

Que je voudrais presser ton sein,
Si j'étais un corset de gaze !
Que je voudrais, jaune topaze,
Resplendir sur ton cou divin !

×

Et, dernière métamorphose,
Que je voudrais, soulier mignon,
Offrir à ton gentil pelon
Ma pantoufle de satin rose !

Oasis

(Voir l'Ode 22)

O Bathylle, Eros attrayant,
Si tu t'asseyais à l'ombrage
De ce petit bois verdoyant,
Sous ce poétique treillage,

×

Du gai Zéphire mariant
Sa chaude haleine au caquetage
De ce clair ruisseau peu bruyant,
Tu surprendrais le bavardage.

Quel voyageur en ce séjour,
Enivrant paradis d'amour,
Ne voudrait arrêter sa route ?

×

Et quel autre enfin quitterait
Ce bouquet d'arbres formant voûte,
Sans exprimer un seul regret ?

Sur l'Or

(Voir l'Ode 23)

Si l'on rajeunissait, ridicule utopie,
    Et si l'or — quel merveilleux tour ! —
Avait le fameux don de racheter la vie,
    J'en amasserais chaque jour,
Et quand la Mort viendrait, je lui dirai: « Ma mie,
    » Voilà tant, et va faire un tour. »

×

Mais puisque l'or, hélas! n'a pas cette puissance,
    Et puisque ce projet est vain,
Mieux vaut changer, je crois, les lois de l'existence,
    Déguster un excellent vin
Ou caresser avec une molle indolence
    Une jeune fille au beau sein.

Refrain Bachique

(Voir l'Ode 23)

Lorsque je bois du vin,
Cette liqueur vermeille
De la dive bouteille
Endort peine, chagrin.

✕

A quoi bon s'ennuyer, gémir sur cette terre ?
Pourquoi verser des pleurs sur un malheureux sort ?
Ne vaut-il donc pas mieux boire avant notre mort
Et constamment noyer les soucis dans un verre ?

✕

Lorsque l'on boit du vin
Cette liqueur vermeille
De la dive bouteille
Endort peine, chagrin.

Portrait d'une Hétaïre

(Voir l'Ode 28)

Grand artiste, veux-tu peindre mon hétaïre ?
Ecoute : que ses cheveux bruns
Viennent couvrir un peu son large front d'ivoire,
Sans le cacher pourtant.

Qu'elle ait les sourcils noirs, la bouche fort petite,
Les dents blanches, le nez mignon,
Et que sa lèvre soit assez voluptueuse
Pour appeler le doux baiser.

×

Que ses yeux aient l'éclat de la glauque Minerve,
La mignardise de Vénus
Et que sur son menton et ses blanches épaules
On voit les roses et les lis.

×

Enveloppe son corps d'une robe de pourpre.
Ne cachant qu'à demi son sein
Et dès lors l'hétaïre, expressive peinture,
Ne demandera qu'à parler.

Une Prison Dorée
(Voir l'Ode 30)

Les Muses certain jour dans leur lasciveté
Attachèrent Eros à des chaines de rose
Pour pouvoir le livrer ainsi dans cette pose
A la séduisante Beauté.

Cypris le vit alors du haut d'un grand nuage
Et descendit soudain du céleste séjour
Pour pouvoir arracher l'inoffensif Amour
    A cet ennuyeux esclavage.

×

Elle le délivra grâce à mille préssnts ;
Mais Eros refusa. - « La prison n'est pas rude,
Dit-il, « et j'aime autant dans cette servitude
    Passer le reste de mes ans.

A Une Jeune Fille

(Voir l'Ode 54)

Jeune fillette, avec rudesse,
Ne méprise point ma tendresse
Et ne repousse point mes vœux
Par dédain pour mes blancs cheveux.
Examine ces fleurs écloses
Et vois comme toujours les lis
Sont mignons, coquets et jolis
Si l'on vient les mêler aux roses !

Le Vin

_____

(Voir l'Ode 39)

Si je bois d'un bon vin,
Mon esprit aussitôt s'amuse
A chanter, doux refrain,
Les attributs de chaque muse.

✕

Si je bois d'un bon vin,
L'inquiétude, la tristesse
Avec le noir chagrin
Se dissipent dans mon ivresse.

✕

Si je bois d'un bon vin,
Dans les nuages je m'élève,
Et sens dans le raisin
Les parfums d'un aimable rêve.

✕

Si je bois d'un bon vin,
Ceignant mon front d'une couronne,
Tressée avec ma main,
A la gaîté je m'abandonne.

Si je bois d'un bon vin,
Dès que cette liqueur ruisselle,
Dans un couplet divin,
Je louange Cypris, la belle.

×

Si je bois d'un bon vin,
J'aime fort en vidant la coupe
A voir un chœur badin
De jeunes gens dansant en groupe.

×

Si je bois d'un bon vin,
A la mort jamais je ne pense,
Et je crois, fait certain,
A mon éternelle existence.

L'Amour et l'Abeille

(Voir l'Ode 40)

Un peu trop distrait, certain jour
Au milieu des roses, l'Amour
N'aperçut pas près d'une treille,
Une grosse et méchante abeille;

Qui, ma foi, lui planta soudain
Son aiguillon en pleine main.
Sentant une douleur amère,
L'enfant prit son vol vers Cythère
Et murmura dans un soupir :
« Puisque je vais bientôt mourir,
» Belle Cypris, dans ta puissance,
» Calme ma cruelle souffrance,
» Car un petit serpent ailé,
» De son dard le plus effilé
» M'a fait une affreuse piqûre. »
Alors Vénus : « Dans la nature,
» Un microscopique animal
» Provoquant un aussi grand mal
» Avec un trait aussi fragile,
» Il te sera dès lors facile
» De voir ce que doivent souffrir
» Ceux que tu blesses par plaisir.

La Cigale

(Voir l'Ode 43)

Heureuse compagne des ris,
Sur les branches toujours posée,
De quatre gouttes de rosée
Chaque matin tu te nourris,

Avant de remplir le bocage,
La prairie et le frais vallon
De ces accords, bruyant ramage
Que tu dois au bel Apollon.

×

Des champs l'ont te nomme la reine ;
Ta présence annonce l'été
Et le laboureur dans la plaine
Te contemple avec volupté,

×

Tu ne subis point la vieillesse,
Car tu ne vis qu'une saison ;
Tu ne connais pas la tristesse,
Car tu n'aimes que la chanson.

×

Et ton corps, vaporeuse essence,
N'ayant enfin ni chair ni sang,
Tu dois être placée au rang
Des Dieux ignorant la souffrance.

Sur un Disque où était gravée Cypris

(Voir l'Ode 51)

Quel excellent artiste a versé dans ce cuivre
Les lames de la mer ? — Ses traits audacieux,
Animant le métal, semblent faire revivre
L'énivrante Cypris aux contours gracieux.

X

Regardez-donc... Elle promène
Son corps nu sur l'onde sereine,
Tandis qu'elle écarte en nageant
La mer à l'écume d'argent.
Elle fend l'eau de ses seins roses,
Laissant deviner mille choses,
De fort voluptueux appas
Que la vague ne montre pas,
Et qui sont toujours le cortège
D'une épaule et d'un cou de neige.

X

Eros et le Désir, ces compagnons des jeux,
Sur de glauques Dauphins tous deux montés en croupe,
Chevauchent autour d'elle et les poissons en troupe,
Formant mille zigzags, nagent sous les flots bleus.

Les Roses

(Voir l'Ode 55)

Si ces charmantes fleurs, aimables églantines
Enguirlandant Bacchus, viennent s'épanouir
En pompons de velours, en touffes argentines,
Au milieu des jardins nous devons les cueillir
Sans penser un instant aux cruelles épines.

✕

Si ces gentilles fleurs, images du Plaisir,
Par le ton incarnat des feuilles purpurines
Invitent au baiser, précèdent le Désir,
Sans penser un instant aux cruelles épines,
Au milieu des jardins nous devons les cueillir.

✕

Si ces coquettes fleurs émaillant les collines,
Sous les pas des amours paraissent se tapir,
Parmi les frais bluets, les blanches aubépines,
Au milieu des jardins nous devons les cueillir
Sans penser un instant aux cruelles épines.

Anacréon Octogénaire

(Voir l'ode 57)

Etre déjà fort vieux, mes clairs cheveux de neige
 Et mes vieilles dents sont hélas !
De ma prochaine mort le pénible cortège ;
 Aussi, dans ce terrible cas,
Je gémis et je crains d'autant plus le Tartare,
 Qu'une fois qu'on est descendu
Dans les tristes replis du lugubre Ténare,
 L'espoir du retour est perdu.

Béziers. — Imp. Perdraut, Avenue Saint-Pierre

www.ingramcontent.com/pod-product-compliance
Lightning Source LLC
Chambersburg PA
CBHW061629180626
46818CB00005B/2297